AF284636

Bereits erschienen:

* Maldoron (2017)

* Die Gewölbe von Vuswal (2017)

* Maknova Gazette (2019)

* Das Monster vom Quamtrem (2020)

Simone Menzenbach

Quamtrem Chroniken

Teil 1

Helmkators Frau

- Maldoron-Kurzgeschichte -

-Fantasy-

Bibliografische Information der Deutschen
Nationalbibliothek: Die Deutsche
Nationalbibliothek verzeichnet diese Publikation
in der Deutschen Nationalbibliografie,
detaillierte bibliografische Daten sind im
Internet über http://dnb.dnb.de abrufbar.

©2022 Simone Menzenbach

Herstellung und Verlag

BoD – Books on Demand, Norderstedt

Assistenz: Maria Vollmer

ISBN:9783756837816

Glossar

Ein kurzer Überblick für all jene, die „Das Monster vom Quamtrem" nicht gelesen haben…

Helmkator

Helmkator Felsbeißer, kurz Kato genannt, ist ein raubeiniger Zwerg, der Jahrzehnte unentdeckt als Einsiedler auf dem Gebiet des Ostwaldclans lebte. Erst die abenteuerliche Suche nach einem verschwundenen Trollkind führte zu seiner Entdeckung.

In jungen Jahren schlug er sich mehr schlecht als recht als Wegelagerer durch und machte dabei die Bekanntschaft berüchtigter „Berufskollegen". Der Gedanke an diese Schurken jagt ihm noch heute kalte Schauer über den Rücken. Als sich die gesamte Bande vor vielen Jahren dem vermummten Herrscher anschloss, floh Helmkator. Über zahlreiche Umwege gelangte er in die entlegene Gegend des Quamtrem-Plateaus und hielt sich, aus Angst vor ihrer Vergeltung, über zwanzig Jahre vor der Außenwelt versteckt.

Kato war tatkräftig an der Entdeckung der roten Hydra Lokrum beteiligt, welcher sein bester Freund wurde. Er zog aus seiner Einsiedlerhöhle aus und bewirtschaftet das Gelände um den Blauen See, um für die Versorgung der wachsenden Hydraschar zu sorgen.

Hydren

Im „Monster vom Quamtrem" wird auf dem Gebiet des Ostwaldclans die rote, dreiköpfige Hydra Lokrum entdeckt. Nach vielen Abenteuern schaffen es die Trollgeschwister Lissa und Thimor, zusammen mit ihren Freunden Orf, Allun und Kvin, die Dorfältesten von der Friedfertigkeit der Hydra zu überzeugen. Der Zwerg Kato versicherte dem Ostwaldclan, dass er sich um Lokrums Versorgung kümmern würde, woraufhin man ihnen den Blauen See zur Verfügung stellte.

Zahlreiche Hinweise deuteten darauf hin, dass Lokrum nicht die einzige Hydra auf dem Quamtrem sein konnte, was zu einer großen Suchaktion führte. Wenig später trafen die fünfköpfige Hydra Swigmuttir und ihre Tochter Hirse ein. Hals über Kopf verliebte sich Lokrum in die senfgelbe Vegetarierin Hirse, mit den langen Wimpern. Sie heirateten und wählten den Nachnamen Ostwald, um ihre enge Verbindung zum lokalen Trollclan zu demonstrieren.

Gleich im ersten Jahr brütete Hirse einen Sohn aus, dem sie den Namen Sinnis gab. Die kleine blaue Hydra mit dem quirligen Temperament hat den Forscherdrang seines Vaters geerbt.

Swigmuttir ist mit der aktuellen Lebenssituation nicht zufrieden. Gegen ihren Willen bleibt sie Single und lebt im Untergeschoss des Höhlensystems, welches Hirse und Lokrum bewohnen. Ständig ist sie auf der Suche nach einem Gefährten. Zurzeit hat sie ihre zehn Augen auf Helmkator geworfen.

Die Hydrafamilie Felsenbach besteht aus dem Elternpaar, einer männlichen Hydra im Teenageralter und zwei kleinen Hydramädchen. Sie gelten als „ein wenig" versnobt.

Des Weiteren gibt es eine ältere, männliche Hydra namens Herr Orkrat. Zur anfänglichen Freude Swigmuttirs ist er ebenfalls alleinstehend. Allerdings ignoriert er die Annäherungsversuche der lila Hydradame und schwimmt stets versonnen durch die Unterwasservorgärten seiner Nachbarn, was ihm den Ruf eines Sonderlings eingebracht hat.

Der Ostwaldclan

Der Ostwaldclan ist eine Trollgemeinschaft im äußersten Südosten des Quamtrem-Plateaus. Angeführt wird er von einem Ältestenrat, unter dem Vorsitz von Quell und Drainar.

Neben Betrieben wie Schmiede, Bäckerei, Milchcafé, Fleischerei und Schneiderei, verfügt das Dorf über eine eigene Schule und ein Haus der Götter. Damit gilt der Clan auf dem Plateau als wohlhabend.

Der einzige Mensch auf dem Quamtrem ist der Druide Aarl. Er sorgt für die Gesundheit der Trolle, wozu gelegentlich ein Zahn-Heil-Tanz gehört. Er hat in Maknova Druidentum und Trollologie studiert und gilt als sehr belesen und freundlich. Das gesamte Plateau beneidet den Ostwaldclan um ihn und nimmt lange Wege in Kauf, um an seiner Hilfe teilhaben zu können.

Die jungen Trolle Lissa, Thimor, Orf, Allun und Kvin gehören ebenfalls diesem Clan an. Sie haben nicht nur die Existenz der Hydren aufgedeckt, sondern auch den Zwerg

Helmkator gefunden. Sie haben eine innige Freundschaft mit den „Neulingen" geschlossen und sind häufig zu Gast am Blauen See.

Thimor ist ein jugendlicher Troll, der von seinem Clan ausgeschickt wurde, um einen Beruf zu erlernen. Mit der Hilfe des Heilers Aarl und seines Freundes, dem Zwerg Helmkator, hat er sich als erster Troll an der berühmten Benman-Universität in Maknova eingeschrieben. Er belegt die Fächer Geschichte, Synkalin, Trollologie, Zwerginistik und Humanistik und besucht darüber hinaus die Arbeitsgemeinschaften Mathematik, Schönschrift und allgemeine Naturwissenschaften. Sein größter Wunsch ist es, der Nachfolger des Schulmeisters im Ostwaldclan zu werden und kleine Trolle auf die große, weite Welt vorzubereiten.

<u>Hinweis</u>

Zusätzliche Informationen findet ihr auf der Webseite **www.maldoron.de**

Viel Spaß bei der Erkundung!

Helmkators Frau

Helmkators Stirn lag in tiefen Falten. Er kaute auf dem Ende einer neuen Erfindung aus der Minenfestung Xaxemm, die sich Graphitstift nannte, und starrte seit einer geschlagenen Stunde auf ein leeres Blatt Pergament. Hin und wieder durchlief ihn ein eisiges Schaudern. Die maßnehmenden Blicke von Swigmuttir machten ihm zunehmend Sorgen. Immerhin hatte sie fünf Augenpaare, die maßnehmen konnten. Das war ziemlich viel Maß für einen einzelnen Zwerg.

Sein kleines Haus am See gefiel ihm. Ebenso seine neue Aufgabe, sich um die Versorgung der Hydren zu kümmern. Die Obst- und Gemüsegärten gediehen prächtig; auch die Hydren gaben sich alle Mühe zu einer Gemeinschaft zusammen zu wachsen. Dafür, dass sie über Jahrhunderte als Einzelgänger oder in kleinen Familienverbänden gelebt hatten, gab es erstaunlich wenig Reibereien. Zum Glück war der Blaue See groß genug, um sich aus dem Weg zu gehen. Das einzige wirkliche „PROBLEM" war Swigmuttir.

Helmkator wollte sich von ihr nicht in die Flucht schlagen lassen. Er weigerte sich alles aufgegeben, was er seit über einem Jahr hart erarbeitet hatte, bloß weil sich die Dame für den Nabel des Multiversums hielt. Er wollte sich weder verletzen noch demütigen lassen und aus diesem Grund musste es eine klare Linie geben, über die sie keine ihrer lila Pfoten setzen durfte. Er musste sich etwas einfallen lassen.

Eine Frau musste her! Das war die einzige Alternative zur Flucht. Eine Frau im Haus war ein klares Signal.

✝

Seit Hirse Lokrum geheiratet hatte und Sinnis auf der Welt war, kriselte es in der Wohngemeinschaft der Hydrafamilie Ostwald. Zwar hatte Swigmuttir ihr eigenes Reich im unteren Teil der Unterwasserhöhle, aber ihre diktatorischen Ansätze störten die Familienidylle zunehmend.

Lokrum und Hirse hatten dem Zwerg ihr Leid unabhängig voneinander hinreichend geschildert: Swigmuttir waren ihre eigenen Räume zu klein und zu kalt. Hirse erzog Sinnis nicht in ihrem Interesse, und kaum ein Jahr später bereits ein zweites Ei auszubrüten, hielt sie für überstürzt. Lokrum machte ihrer Ansicht nach alles falsch und er kritisierte darüber hinaus ständig ihre Entscheidungen. Und so weiter, und so weiter...

Hirse hatte ihr bei einem dieser Gespräche angeboten, sich doch eine kleine eigene Höhle in der Nähe zu suchen, war jedoch auf zehn taube Ohren gestoßen. Im Gegenteil, nun wollte die eigene Tochter sie sogar aus dem Haus drängen. Es war zum Verzweifeln.

Irgendwann war aber selbst der alten Hydradame klar geworden, dass es so auf Dauer nicht weitergehen konnte. Sie fing an nach Alternativen zu suchen. Ihre erste Wahl fiel auf Herrn Orkrat, einer eigenbrötlerischen Hydra aus den Seen um den Orkrat-Gipfel. Er war alleinstehend, etwa in ihrem Alter und bewohnte eine schmucke Höhle unweit der Ostwaldfamilie. Sehr zu ihrem Unglück machte dieser jedoch keine Anstalten, auf ihre Annäherungsversuche einzugehen.

Vor einigen Tagen hatte Swigmuttir dann erste Andeutungen in Richtung Helmkator fallen lassen. Kato war zwar ein Zwerg und viel zu klein, aber er besaß Autorität. Dies war sein Land und er versorgte alle Hydren. Eine wie auch immer geartete Beziehung mit ihm würde ihr Macht geben. Dem Zwerg lief es abermals eiskalt den Rücken hinab. Er durfte es auf keinen Fall soweit kommen lassen. Er musste etwas einfallen. Sofort!

Er zog das feuchte Ende des Stifts aus dem Mund, beugte sich tief über das Pergament und begann zu schreiben…

ER sucht SIE.

Lebenslustiger Landwirt <Zwerg, männlich, 107 Jahre alt> sucht liebevolle und tierliebe Gefährtin, die den Umgang mit Trollen nicht scheut. Eigenheim und handwerkliche Begabung vorhanden. Hobbys: Lesen, Gartenarbeit und gemütliches Beisammensein mit Freunden. Bei Interesse sende deine Beschreibung an die Maknova Gazette, Chiffre -HF4712-

Am nächsten Morgen würde er zur Zwergenfestung Xaxemm aufbrechen, um einige Besorgungen zu machen. Nun würde sich der lange Weg gleich doppelt lohnen.

In Xaxemm gab es immer zuverlässige Zwerge, die willens waren, gegen ein kleines Entgelt Briefe in andere Städte zu transportieren. Er würde also seine Annonce samt Begleitschreiben einem Zwerg mitgeben, der sich auf den Weg nach Maknova einschlug.

Er würde es Swigmuttir schon zeigen. Königin des Sees? Pah! Nicht mit ihm…

Drei Monate später waren auf dem Plateau des Quamtrems ungewöhnliche Szenen zu beobachten. Am frühen Morgen des 27. Tholmagtog im Jahre der Sonnenwinde kam es zu nie da gewesenem Aufruhr, als sich ein Taubis mit einer prallgefüllten Posttasche über den Rand der Hochebene quälte. Blaufalke und Quamtremhähnchen plusterten empört ihr Gefieder, als fremde Schwingen ihren Luftraum kreuzten. Heckenkönig und Rohrpfeifer pfiffen protestierend.

Sich seiner wichtigen Aufgabe wohl bewusst, ignorierte der Taubis seine ungebildeten Artgenossen und setzte seinen eingeschlagenen Weg fort. Eine verschlafene Waldeule, auf dem Weg zu ihrem Schlafplatz, wurde jäh aus ihrer Flugbahn gebracht, als das große Wesen sie passierte. Aufgebracht schuhute sie ihm einige ornithologische Verwünschungen hinterher. Unbeirrt und zielsicher hielt der Vogel auf das Gebäude des Ältestenrats zu und ließ sich vor der geschlossenen Pforte nieder.

Der Troll Hartbröt war der Erste, der den Taubis entdeckte. Er kam fröhlich pfeifend mit einer Tasse frisch gebrühtem Cappusch in seiner Hand aus der Hintertür geschlendert. Er war im Begriff die Backstube aufschließen, als er neben sich im Türschatten des Ratsgebäudes eine riesige Vogelgestalt sitzen sah. Seine Tasse mit Cappusch flog noch im hohen Bogen in Richtung Pentagonienbeet, während der Troll bereits um die nächste Ecke verschwunden war.

Eilig klingelte Hartbröt den Fleischer aus dem Bett und gemeinsam betrachteten sie das geflügelte Untier. Sie hockten in Fleischers Hinterhof und spähten durch den Zaun des Schweinepferchs zum Ratsgebäude hinüber.

„Das Biest ist fast zwei Meter groß.", staunte der Fleischer.

Hartbröt nickte heftig. „Hast du seinen Schnabel gesehen? Damit kann er ein Montaru mit nur einem einzigen Hieb erlegen."

Die beiden Trolle entschieden, dass die Angelegenheit zu groß für sie war. Sie benötigten Unterstützung!

Sie weckten den Müller, den Tischler und klopften so lange an die Tür des Schmieds, bis sich dieser erbarmte vor der Morgendämmerung vor die eigene Haustür zu treten.

Hastig berichtete der Bäcker seinen verschlafenen Kollegen von seiner Entdeckung, was ihm einige zweifelnde Blicke einbrachte.

„Bist du sicher, dass du gestern Abend nichts Schlechtes gegessen hast?", erkundigte sich der Tischler verdrießlich. „Das kann zu Albträumen führen, habe ich mir sagen lassen." Er hatte von seiner Frau einige unangenehme Ellenbogenstöße in die Rippengegend erhalten, damit er endlich aufstand, die Tür aufmachte und den Bäcker einließ.

„Zu viel Brombeerwein....", flüsterte der Müller dem Schmied zu. Sein Zeigefinger vollführte drehende Bewegungen in der Schläfengegend. Der Schmied nickte verschlafen. Beide hatten ihre gemütlichen, warmen Betten nur ungern verlassen und waren nicht bereit die Hirngespinste des überreizten Bäckers klaglos hinzunehmen.

„Also wirklich! Wenn ihr mir nicht glaubt, dann kommt mit und seht es euch selbst an.", grummelte der Bäcker und kreuzte beleidigt die Arme vor der Brust.

„Na gut, aber nur damit du endlich Ruhe gibst und wir wieder in unsere Betten kommen.", erklärte der Müller und die Gesellschaft setzte sich in Bewegung, um den Vorgarten des Bäckers zu inspizieren.

Ein eindrucksvoller Schatten saß vor dem Portal des Ratsgebäudes. Ein eindrucksvoller Schatten, der die Gelegenheit nutze seine mächtigen Schwingen auszubreiten und sich hingebungsvoll zu schütteln. Ein eindrucksvoller Schatten, der seinen sechzig Zentimeter langen und messerscharfen Schnabel dazu nutzte sein Gefieder zu sortieren. Den Bruchteil einer Sekunde später standen sämtliche herbeigerufenen Handwerker hinter der Hausecke der Backstube im Pentagonienbeet. Neben ihnen lag eine einsame Tasse, die einmal Cappusch enthalten hatte.

„Hirngespinste, wie?", fragte der Bäcker spöttisch. Er lehnte mit verschränkten Armen an der Hauswand und betrachtete die heraneilenden Kollegen.

„Nun…", sagte der Schmied und räusperte sich verlegen.

„Ja!", stimmte ihm der Fleischer zu. Die anderen nickten betreten.

Es folgten einige Minuten des Schweigens, gewürzt mit einer ordentlichen Portion Panik. Der Tischler fasste sich als Erster: „Habt ihr die Krallen gesehen? Eine Sense ist nichts dagegen."

„Was will er nur hier?", erkundigte sich der Schmied.

„Geh doch hin und frag ihn!", antwortete der Müller gereizt und zog sich wieder hinter die Hausecke zurück, nachdem er einen weiteren schnellen Blick auf die Bestie geworfen hatte.

„Bist du von Sinnen? Niemand kann von mir verlangen, dass ich mich von dem Biest aufspießen lasse."

Der Bäcker rieb sich nachdenklich das Kinn und wandte sich an den Schmied. „Du bist doch Schmied, oder?"

Der Schmied hob die Augenbrauen und sah den Bäcker ausdruckslos an. Sie hatten zusammen im Sandkasten gespielt, gemeinsam die Schulbank gedrückt und im gleichen Jahr ihre jeweiligen Ausbildungen begonnen. Hinzu kam, dass sie seit über zwanzig Jahren nur einen Steinwurf voneinander entfernt ihre Betriebe führten. Wenn jemand wusste, dass er Schmied war, dann der Bäcker. Er sparte sich eine Antwort...

Dem Bäcker wurde die peinliche Pause bewusst und lief rot an. Die anderen Freunde kicherten. Mit etwas lauterer Stimme fuhr er fort: „Was ich damit sagen wollte... hast du nicht irgendwelche... Waffen in deiner Schmiede?"

„Klar, wenn du das Biest mit Hufeisen bewerfen möchtest, dann lass dich nicht aufhalten. Ich hätte auch noch ein paar Schaufeln, mit denen wir deine Überreste anschließend begraben können.", gab der Schmied schnippisch zurück.

„Na hör mal. Es gibt keinen Grund gleich von Überresten zu reden. Ich habe doch nur gefragt."

„Mal ganz im Ernst, Bäcker, du gehst mehrmals täglich an meiner Schmiede vorbei. Ist dir jemals eine Reihe von Kriegern aufgefallen, die darauf warten, sich bei mir neue Schwerter oder dergleichen kaufen zu können?"

„Öhm. Nun, nicht direkt!"

„Eben! Warum also sollte ich Waffen schmieden, wenn sie keiner kauft?"

Der Bäcker dachte darüber nach. „Wenn du das so siehst..."

„Ja, ich sehe es so! Selbst der Büttel benutzt nur seinen Knüppel."

„Der BÜTTEL!!", riefen Tischler und Fleischer wie aus einem Mund.

„Genau!", der Müller klatschte vor Erleichterung in die Hände. „Das ist genau der richtige Troll für diese Angelegenheit. Schließlich wird er dafür bezahlt für Ruhe und Ordnung zu sorgen."

†

Ein viereinhalb Meter großer Troll mit breiten Schultern erschien wenig später auf der Bildfläche. Bekleidet war er lediglich mit einem weißen Nachthemd, seinem Helm und einer Büttelkeule. Er besah sich den Tatort und den Grund des öffentlichen Ärgernisses. Mit Kennermiene diagnostizierte er: „versuchte Ruhestörung" und schickte daraufhin den Bäckerlehrling zum Ältestenrat.

Bäcker, Müller, Tischler, Schmied und Fleischer empörten sich wortreich (aber sehr leise) darüber, dass der Büttel das unerwünschte Federvieh nicht sofort entfernte. „Man hat schließlich noch Arbeit zu leisten!", flüsterte Hartbröt giftig.

Den Büttel, der das Murren durchaus vernahm, ließ das kalt. Er zuckte mit den nachthemdbedeckten Schultern und gähnte ausgiebig, was dem Bäcker Gelegenheit gab einen Blick auf seine gewaltigen Hauer zu werfen. „Wenn du es so eilig hast in deinem Brotteig zu rühren, dann nimm die Hintertür, Hartbröt!", knurrte der Büttel. Er war ein umgänglicher Mann, aber selten vor der Mittagsstunde zu guter Laune fähig.

„Auf das mich das Biest in der Backstube überfällt und auffrisst?!?", erwiderte der Bäcker schockiert.

„Er sieht nicht so aus, als habe er großen Hunger. Die Schweine in meinem Hinterhof interessieren ihn nicht im Geringsten.", gab der Fleischer zu bedenken.

„Vielleicht frisst er nur Trolle.", spekulierte der Bäcker mit kaltem Angstschweiß auf der Stirn.

„Nun, das wäre die gerechte Strafe für die Steinsemmeln, die du gestern meiner Frau verkauft hast. Ich habe mir beinahe einen Hauer ausgebissen!", kam es leise aus der Anonymität der anderen Handwerker.

„Das habe ich gehört, Schmied!", knurrte der Bäcker, der die Stimme sofort erkannte.

Der Rest der Versammelten kicherte, wohl wissend, dass die beiden Streithähne beste Freunde waren. Frau Bäcker reichte ein Tablett mit Tassen voll frischem, dampfendem Cappusch aus dem Küchenfenster, damit die Männer sich stärken konnten. Und durch ein seltsames Geschick erhielt der Schmied lediglich eine Tasse kalten, abgestandenen Gebräus.

†

Die mehr oder weniger betagten Ältesten brauchten fast eine halbe Stunde, um sich im Garten des Bäckers zu versammeln. Unter den Pentagonien kam es zu einigen Totalverlusten, während große, haarige Trollfüße nervös scharrten.

Drainar, eine uralte, von Gicht gekrümmte Älteste, wollte direkt nach den Jägern schicken und das Ungetüm erlegen lassen. Schließlich versperrte es den Weg zum Ratsgebäude, was an sich schon eine Frechheit darstellte.

Darüber hinaus hatte sich der Vogel der nächtlichen Ruhestörung schuldig gemacht, was bei der alten Dame ebenfalls nicht gut ankam. Als sie dann noch feststellte, dass Frau Bäcker keinen frischen Cappusch mehr hatte und sich erst bei Frau Fleischer ein neues Säckchen Bohnen ausleihen musste, war es um ihre Geduld endgültig geschehen.

Das Biest MUSSTE weg! Hastig notierte sie einige Worte an den Oberjäger und drückte das Pergament, dem immer noch atemlosen Bäckerlehrling in die Hand, der auch gleich gehorsam davon lief.

Das Eintreffen der Jäger ließ nicht lange auf sich warten. Sie standen bei Anbruch der Nacht auf, um an den Gattern zu patrouillieren. Kurz vor Morgengrauen kontrollierten sie die Fallen am Dorfrand und waren somit in unmittelbarer Nähe. Die Bögen waren gespannt und angelegt, als Quell den unförmigen Gegenstand am Bein des Vogels entdeckte, der sich als prallgefüllte Tasche herausstellte. Diese wollte so gar nicht zu einem Ungeheuer passen. Hatte das Biest einen Händler überfallen und die Tasche als Beute an sich genommen? Man musste der Sache auf den Grund gehen.

Er besorgte sich vom Bäcker ein Steinmehlbaguette mit dem Prädikat besonders bissfest, welches er je nach Bedarf sowohl als Lockmittel als auch als Waffe verwenden konnte. Langsam bewegte er sich auf den Vogel zu. Das Brot weit vorgestreckt.

Der Vogel hob die buschigen Federn seiner Augenbrauen und starrte abwechselnd auf das Brot und den Dorfältesten. Er schien mit den gefiederten Schultern zu zucken, streckte das krallenbewehrte Bein mit der Tasche aus und legte erwartungsvoll den Kopf schief.

Quell hielt ihm weiterhin ratlos das Brot hin. Der Vogel nahm es behutsam mit dem Schnabel entgegen, ganz als wollte er den Troll mit der Geste beruhigen. Eilig nutze der Älteste die Gelegenheit, dass der Schnabel des Biests gestopft war und löste die Tasche vom Bein des Vogels.

Immer noch dem Taubis zugewandt, kehrte er rückwärts zu der Versammlung im Garten des Bäckers zurück. Anerkennendes Gemurmel erhob sich.

Der Älteste stellte die Tasche mit zitternden Händen vor den Trollen ab, griff sich erleichtert ans Herz und schnaufte wie nach einem anstrengenden Marsch. Der Anblick des langen, hornbesetzten Schnabels hatte ihn nicht unbeeindruckt gelassen.

„Was ist das, Quell?", fragte Drainar neugierig und drängte nach vorn. Über seine Schulter hinweg versuchte sie, Details zu erkennen. Der Älteste betrachtete den Beutel aufmerksam und öffnete schließlich die große, mit einem Gurt verschlossene Lasche. Er spähte hinein und sah ein umfangreiches Paket, auf dem ein gewaltiger, gelber Zettel prangte. Drainar war sehr begierig, Quell dabei zu helfen, das Paket aus dem Beutel zu ziehen, und so kam es zu einigem Gerangel, bis sie das Bündel endlich in Händen hielten.

†

Die Überraschung war groß. So etwas hatte es auf dem Quamtrem noch nie gegeben! Post kam normalerweise mit den Händlern und war Wochen wenn nicht sogar Monate unterwegs, bis sie den Empfänger endlich erreichte. Aber nun… man musste mit der Zeit gehen.

Wenige Minuten später war der Bäckerlehrling auf dem Weg zum Blauen See, und der Zwerg Helmkator Felsbeißer wurde offiziell zum ersten Empfänger eines Luftpostpäckchens auf dem Quamtrem.

Der Taubis hingegen hatte seine Mahlzeit beendet und wirkte durchaus zufrieden. Einige der Jäger hoben nervös

20

die Bögen, als er das Bein ausstreckte und darauf wartete, dass ihm die Posttasche wieder angelegt wurde. Keiner der anderen Trolle zeigte große Eile diese Aufgabe zu erledigen, sodass sich Quell seufzend erbarmte.

Er band den Beutel sorgfältig fest und beäugte den Vogel besorgt. „Du weißt wo du hin musst?", erkundigte er sich. Der Taubis nickte. Erstaunt registrierte Quell, dass das Tier ihn anscheinend verstand.

„Hast du alles was du brauchst? Möchtest du vielleicht noch etwas trinken?", erkundigte er sich, für den Fall das er richtig lag. Der große Vogel schüttelte ansatzweise den Kopf. „Nein, daahnke!"

„Oh!", machte der Troll. Dieser Tag war voller Überraschungen. Er hob die Hand ans Kinn, sah in die Ferne und überlegte. Immer mehr junge Trolle waren in der Welt unterwegs und sicher würden sie Nachrichten an ihre Familien schicken wollen. Händler wollten wissen, ob ihre Waren den Bestimmungsort erreicht hatten und welche Preise erzielt werden konnten. Und das möglichst fix, ohne Wochen des Wartens. Irgendwie musste alles immer schneller erledigt werden. Quell seufzte.

Allerdings… neue Geschäftsbeziehungen zu anderen Städten entstanden vor seinem geistigen Auge und plötzlich war ihm klar, was es zu tun galt. „Bitte sei so gut und gib in der Poststation von Maknova Bescheid, dass wir für die Zukunft gerne einen ständigen Postdienst auf dem Quamtrem hätten. Kannst du das?"

Der Taubis nickte. Quell nickte ebenfalls: „Dann wünsche ich dir einen guten Flug und komme bald mit guten Nachrichten zurück!" Er hielt inne und sah sich um. „Wir werden dir hinter dem Ratsgebäude einen kleinen Schuppen errichten, in dem du Schutz vor dem Wetter findest. Ich werde dort eine Glocke aufhängen lassen. Schlage sie mit dem Schnabel an, wenn du eintriffst, dann wird man sich um dich kümmern."

Vor Quells Augen entstand das Bild einer hübschen, gelb gestrichenen Holzhütte. In der Kopfseite befand sich eine den Trollmaßen angepasste Tür, deren unterer Teil eine Klappe enthielt und von dem Taubis problemlos passiert werden konnte. Am Zaun vor der Hütte war eine glänzende Messingglocke angebracht. Darüber ein Schild das in großen Lettern verkündete: „DHL – Die heutige Luftpost". Der alte Troll war begeistert von der Idee und bestrebt den Auftrag zum Bau der Hütte noch am selben Tag zu vergeben.

†

Fassungslos starrte Kato auf das Päckchen, das vor ihm auf dem Tisch stand. Was hatte er nur getan? Ein Paket aus Maknova. Auweia! Hoffentlich hatte er damit niemanden auf seine Fährte gesetzt, der ihm gefährlich werden konnte. Er brühte sich einen starken Tee, nahm einige Schlucke zur Beruhigung und machte sich an die Arbeit.

Der Zwerg durchschnitt die Kordel und öffnete die Verpackung. Die Schachtel war angefüllt mit Briefen. Obenauf lag ein zerknittertes Pergament von der Maknova Gazette, welches ihm mitteilte, dass sie sich durch die Resonanz seiner Annonce veranlasst gesehen hatten, ungewöhnliche Maßnahmen der Beförderung zu ergreifen. Dem überforderten Zwerg sagte das alles nichts, er hatte den Taubis nicht gesehen. Er legte das Pergament zur Seite und traute seinen Augen nicht.

Die einführende Nachricht der Redaktion hatte nicht zu viel versprochen. Das Paket enthielt unzählige Briefe. Um genau zu sein, war das Paket bis oben hin damit gefüllt. Man hatte so viele Briefe hineingequetscht, dass das Begleitschreiben beträchtlich unter dem postalischen Druck gelitten hatte.

Er nahm den ersten Brief heraus und betrachtete ihn. Der Umschlag lag schwer in der Hand und zeichnete sich durch hohe Qualität aus. Außerdem war er rosa und auf der Vorderseite, links neben der Chiffrenummer, mit einer üppigen Rose bedruckt. Der Zwerg nickte beeindruckt, solches Büttenpapier kostete mehr als nur ein paar Pfennige.

Die Adresse der Maknova Gazette war mit einer schwer zu entziffernden, verschnörkelten Schrift eher gemalt als geschrieben. Katos Augenbrauen hoben sich. Das konnte ja heiter werden.

†††
†
† Geheimnisvoller Unbekannter,

Deine Anzeige entdeckte ich genau zu dem Zeitpunkt, den mir die Kartenlegerin Xantippina vorausgesagt hat. `Schlage die Maknova Gazette auf und du wirst das Glück deines Lebens entdecken´, sagte sie mir. Und da war sie, deine Anzeige, gleich neben Dr. Kräutermanns Annonce, für sein Elixier der Klarsicht und Vernunft. Und so schreibe ich dir, in der Hoffnung, dass sich unsere Wege kreuzen und wir gemeinsam über die Pfade des ewigen Glücks wandeln werden.

Mein Name lautet Egozentia von und zu Marmorplatte, ich bin 105 Jahre alt und finanziell unabhängig. Von der Landarbeit habe ich nicht die geringste Ahnung, wie ich dir gleich gestehen möchte. Aber ich verfüge über einen Gärtner, der bestimmt alles zu deiner Zufriedenheit erledigen wird. Gegen Tiere habe ich nichts, solange sie Abstand halten. Und gegen die Trolle werden wir schon etwas unternehmen können. Einige meiner Wildhüter können sich dieser Unruhestifter annehmen.

Bitte sende mir deine Anschrift und ich werde in Kürze mit meinen Angestellten und sämtlichen Bibliotheksbänden meines Anwesens bei dir eintreffen.

In ungeduldiger Erwartung deiner baldigen Antwort,

† Eggi
†
†††

Mit weit aufgerissenen Augen warf der Zwerg den Brief zurück auf den Tisch, als hätte er sich die Finger daran verbrannt. Er griff nach seiner Tasse Tee und nahm einen tiefen Schluck. Im stillen Gebet dankte er Tholmag für die Eingebung mit der Chiffrenummer. Nicht auszudenken, wenn diese Frau ohne Vorwarnung vor der Tür gestanden hätte. Er schüttelte entschieden den Kopf, da wäre sogar Swigmuttir eine bessere Wahl.

Ängstlich kontrollierte er den nächsten Umschlag auf seine Farbe und gegebenenfalls vorhandene Blumenmuster. Zu seiner großen Erleichterung fand er keine. Der Umschlag war braun und ohne Verzierung. Im Gegensatz zum Vorherigen, bestand er nicht aus Büttenpapier, sondern schien aus Zeitungspapier recycelt worden zu sein. Einzelne, verblichene Lettern zeugten von einer zweiten Verwendung. Nun, dafür ließ sich Helmkator begeistern. Er war nie gut darin gewesen, Dinge wegzuschmeißen, die noch zu gebrauchen waren.

Die Adresse sah aus wie in Stein gemeißelt. Unsichere Buchstaben füllten die Vorderseite fast vollständig. Helmkator hob nachdenklich die Augenbrauen. Ein geübter Leser konnte in der Regel auch sicher schreiben, diese Kandidatin warf in dieser Hinsicht Zweifel auf. Aber die Dame hatte sich die Mühe gemacht, ihm zu schreiben, da konnte er zumindest einen Blick riskieren.

✝✝
✝
✝ Hallo du!

Lass es uns kurz machen: Ich bin 34 Jahre alt und Holzfäller aus Tala. Ich kann kochen, Bäume fällen, Hackbrett spielen und erlege Wölfe unter drei Sekunden.

Die Arbeit hier gefällt mir, aber Landwirtschaft klingt auch ganz toll. Bis jetzt kenne ich Wirtschaften nur in Städten oder unter Bäumen, also in Wäldern. Allerdings sind sie auf dem flachen Land sicher auch ganz nett anzusehen. Wie ist denn euer Bier so? Ich hoffe, es ist nicht so ein schmalbrüstiges Zeug, das eher an Tee statt an Bier denken lässt.

Ich habe die Maknova Gazette abonniert und bekomme mit jeder Karawane einen ganzen Stapel Zeitungen geliefert, aber ein Buch habe ich ebenfalls. Es ist ein Kochbuch. Meine liebe Mutter hat es selbst geschrieben. Kurz darauf ist sie mit einem Flakuntreiber davon gelaufen. Das Buch ist mein ganzer Stolz und das gesamte Holzfällerlager beneidet mich darum.

Vor einigen Monaten habe ich ebenfalls eine Annonce in der Maknova Gazette aufgegeben, aber leider keine Antworten erhalten. Sollte es dir genauso ergehen, so schreibe mir. Wir können eine Wohngemeinschaft gründen. Bei zwei so stattlichen Männern wie uns … welche Frau könnte da widerstehen.

Sei gegrüßt,

† Torbintom
†
†††

Kato schüttelte den Kopf und nahm einen besonders tiefen Schluck aus seiner Tasse, wobei er sich wünschte, sie würde nicht nur Tee enthalten. Dann kam ihm der Gedanke, dass ein weiterer Mann, noch dazu mit einer Axt, Swigmuttir bestimmt von übereilten Handlungen abbringen würde. Der kurz darauf folgende Gedanke war nicht mehr ganz so erfreulich …

Sollte Torbintom die Axt zu locker in der Hand liegen, hätte er bald anstatt eines fünfköpfigen ein sechsköpfiges Problem. Schließlich wusste mittlerweile jeder auf dem Quamtrem-Plateau, dass, wenn man einer Hydra einen Kopf abschlug, an dessen Stelle zwei neue wuchsen. Entschlossen legte Kato den Brief auf den von Eggi. Torbintom würde sich allein eine passende Landwirtschaft suchen müssen.

„Ahoi Seemann!", lautete die Begrüßung des nächsten Briefes, der ein wenig angesengt, aber mit gestochen scharfer Handschrift daher kam.

††
†
† Ahoi Seemann!

Ich bin 124 Jahre alt, Zwergin und stamme aus einem Dorf im Königreich Miltum. Der Name des Dorfes ist unwichtig und muss dich nicht weiter interessieren, denn die letzten Jahre habe ich auf See verbracht. Nun suche ich ein trautes Heim und einen warmen Kamin, an den ich nach getaner Arbeit heimkehren kann.

Unglücklicherweise habe ich keinerlei Erfahrung mit Landwirtschaft und Viehzucht, aber es gibt da einige Jungs aus meiner Crew, die mich gerne begleiten und darum kümmern würden. Für eine Hängematte im Stall und zwei warme Mahlzeiten am Tag gehorchen sie aufs Wort.

Wenn du einverstanden bist, übernimmt der Smutje das Kochen und wir können uns gemeinsam um deine Bücher kümmern. HAHA! Nein, im Ernst... du scheinst im Trollgebiet zu leben, das deutet auf eine dünne Besiedlung hin. Das käme mir sehr entgegen.

Es gab da in meiner Vergangenheit ein bis zwei unglückliche Missverständnisse, die ich noch nicht aus der Welt schaffen konnte. Was zum großen Teil daran lag, dass die ~~Zeugen~~ betreffenden Personen nicht auffindbar waren. Ich hätte meine „Entschuldigung" gerne persönlich überbracht. Außerdem kann ich große Versammlungen nicht ausstehen.

Wenn dich mein Angebot interessiert, dann schreibe mir postlagernd nach Rabati. Ich würde mich über eine Nachricht von dir freuen.

† Deine Amprema.
†
††

Helmkator erhob sich schreckensbleich von seinem Stuhl. Er wankte zum Kamin und setzte einen weiteren Kessel mit Wasser auf. Während er darauf wartete, dass das Wasser kochte, stütze er sich schwer auf die Rückenlehne des Stuhls. Sein Herz schlug rasend schnell. Es war seinen Augen unmöglich, sich von dem Stück Papier auf dem Tisch zu lösen. Seine Hände zitterten noch immer, als er nach wenigen Minuten das sprudelnde Wasser in die Kanne goss.

AMPREMA!

Bei den Göttern, gab es diesen Dämon in Zwergengestalt tatsächlich immer noch? Sie war die letzte Zwergin auf Maldoron, die er in seiner Nähe haben wollte. Er wäre sogar froh gewesen, zwei bis drei Planeten zwischen ihr und sich selbst zu wissen. Schließlich war er selbst einer der Zeugen, die sie in ihrem Brief erwähnte.

Amprema ordnete sich auf Katos privater Liste der meistgehassten Personen knapp auf Platz zwei ein. Lediglich Gahyr, der Anwerber für den verhüllten Thron, rangierte vor ihr. Diesen zweiten Platz nahm sie nur deshalb ein, weil Gahyrs Arm ganz Synkana im Schwitzkasten zu halten schien. Er kam mit allem durch, was er verbrach und tauchte überall dort auf, wo man ihn am wenigstens erwartete. Manches Mal erwachte Kato des Nachts schweißgebadet und war sicher Gahyr an seiner Bettkante stehend vorzufinden. Das machte diesen Mann um einiges unberechenbarer als Amprema. Immerhin war sie Piratin; einem Beruf, den man in erster Linie mit Wasser in Verbindung brachte.

Helmkator schüttelte sich und blieb einen Moment am Kaminfeuer stehen, um die Kälte aus seinen Knochen zu vertreiben. Warum holten ihn die Dämonen der Vergangenheit ausgerechnet jetzt ein, wo sein Leben endlich einen Sinn bekam?

„Wahrscheinlich damit du deine Untaten nicht vergisst.", erklang diese fiese kleine Stimme in seinem Hinterkopf, die er Gewissen nannte. Er knurrte etwas in seinen Bart, das wie: „Ja, ja! Ist schon gut.", klang, griff nach Ampremas Brief und warf ihn im hohen Bogen ins Feuer. Kato war überzeugt ein gehässiges Zischen zu vernehmen, als die Flammen das Papier verschlangen.

Die nächsten vier Briefe ließ er ungeöffnet, um Abstand zu dem Schreiben Ampremas zu bekommen. Kato war sich nicht sicher, wie weit ihre Bösartigkeit abfärben würde. Mit dem fünften Brief hielt er ein Pergament in der Hand, dessen Schrift ihm sonderbar vertraut vorkam. Neugierig griff er zum Brieföffner, öffnete den Umschlag und entfaltete das Schreiben.

„Hallo Kato!" Helmkator stutzte. Wie war es möglich, dass jemand seinen Spitznamen kannte? Eilig las er weiter.

†††
†
† Hallo Kato!

Ich bin's, Thimor!

Swigmuttir hat irgendwie davon erfahren, dass du diese Anzeige in der Maknova Gazette aufgegeben hast. Ich habe nicht die geringste Ahnung, wer sich verplappert hat. Aus mir hat sie auf jeden Fall nichts heraus bekommen!

Sie hat mir aufgelauert und mich gezwungen diesen Brief zu schreiben. Außerdem drohte sie damit, sich selbst ein paar Köpfe abzubeißen, um mindestens zweistellig zu werden. Diesen Umstand wollte ich keinem von uns zumuten, also habe ich mich ihrem Willen gefügt.

Nun zum Wesentlichen: Ich soll dir schreiben, dass sie die tollste Gefährtin ist, die du dir vorstellen kannst. Sie eignet sich hervorragend für die Kommunikation mit den Hydren im See und sieht sich durchaus in der Lage, die Aufsicht über die Landwirtschaft zu führen, solange andere die Arbeit erledigen. Sie hätte nichts dagegen einzuwenden, wenn du ihr gelegentlich aus einem Buch vorlesen würdest, nur … keines mit Blut drin. Sie ist schließlich Vegetarierin aus Überzeugung. Du brauchst nur ein Wort zu sagen und sie zieht sofort in deiner Scheune ein. Dabei wäre ihr ein kleiner Empfang mit Umtrunk sehr angenehm.

Ich soll den Brief bei der Maknova Gazette abgeben, sobald mein Studium in der Stadt beginnt. Dieser Auftrag werde ich auch erledigen, schließlich möchte ich in den nächsten Ferien keine böse Überraschung erleben.

Tut mir leid, alter Freund, aber ich habe nicht die geringste Idee, wie du sie jetzt noch loswerden kannst. Sie hat sich fest vorgenommen, bei dir einzuziehen.

Liebe Grüße, Thimor.

P.S. Viel Glück!

† P.P.S. Schreibe mir, wenn ich dir einen Platz im
†   Studentenwohnheim besorgen soll.
†
††+

Helmkator war zum Schreien zu Mute. Er musste dem unverschämten Hydraweib unbedingt die Leviten lesen. Dem armen Jungen aufzulauern und zu erpressen, also wirklich. Beherzt sprang er auf, um die unangenehme Angelegenheit sofort hinter sich zu bringen.

Er würde solange den See anbrüllen, bis sie ihre intriganten Häupter aus den Wogen erhob. Seine Hand schwebte bereits über der Klinke der Haustür, da es klopfte zaghaft.

Voller Adrenalin riss er die Tür auf, bereit erbarmungslos fünf Augenpaare nieder zu ringen … und erblickte SIE! Klein, zierlich, knappe siebzig, maximal achtzig Jahre alt … und bildschön. Langes geflochtenes, rotbraunes Haar schlängelte sich an einem schlanken Hals vorbei bis auf ihre Brust. Sie trug ein dicht gewobenes Wollhemd. Ihre Beine steckten in einer gut sitzenden Lederhose und die Füße in strapazierfähigen Stiefeln. Hinter ihr ragten das obere Ende eines Rucksacks sowie ein Köcher mit Pfeilen hervor. An ihrem Gürtel hing ein Bogen mit ausgehängter Sehne.

Helmkator verschlug es den Atem und er brachte keinen Ton hervor, sondern starrte die fremde Zwergin einfach nur an. Das Mädchen, die Hand zum Anklopfen erhoben, starrte mit weit aufgerissenen grünen Augen zurück. Solch einen Empfang hatte sie nicht erwartet. Sie schluckte.

„Entschuldige bitte, bin ich hier richtig bei Herrn Felsbeißer?", fragte sie verunsichert.

Diese Stimme! Er hätte ihr stundenlang zuhören können. Allerdings hatte sie etwas gesagt, an dessen Ende ein Fragezeichen prangte. So ein Satzbau bedurfte einer Antwort. Wenn ihm nur die Frage einfallen würde. Er räusperte sich, um Zeit zu gewinnen, dann fragte er etwas lahm: „Wie bitte?"

„Bin ich hier richtig bei Helmkator Felsbeißer? Die Trolle aus dem Dorf haben mich hierher geschickt. Ich möchte wissen, ob ich bei dir richtig bin. Bist du Helmkator?"

„Du warst bei den Trollen?" Er betrachtete sie erneut von oben bis unten und stellte mit großer Sachkenntnis, aber wenig Innovation fest: „Aber du bist ein Zwerg!"

Das Mädchen stutzte. Ihre Stirn zeigte hübsche, kleine Fältchen der Verwirrung. „Ja, und? Du doch auch."

Sie starrten sich an. Dann lächelte die Zwergin schüchtern und senkte den Blick. Der Verlauf des Gesprächs war ihr sichtlich peinlich. Bei den Göttern, sie musste ihn ja für einen kompletten Idioten halten. Er räusperte sich, überging das kurze Intermezzo und riss die Tür weit auf. „Aber sicher! Ich bin Helmkator. Bitte, komm doch herein."

Ein verlegenes Lächeln umspielte seine Lippen, während er der Unbekannten hilfsbereit den Rucksack abnahm. „Bitte entschuldige meine harschen Worte. Die letzte Zwergin die sich auf den Quamtrem gewagt hat war eine Reporterin und legte leider das typische zwergische Verhalten Trollen gegenüber an den Tag."

Die Zwergin nickte wissend. „Du meinst den üblichen Jahrtausende alten Kram wie…" Sie senkte die Stimme zu einem tiefen Brummen „Ich hasse diese Trolle, weil sie meinem unschuldigen Großvater eines auf die Mütze gegeben haben. Schließlich ist er nur einer Goldader gefolgt und hat sich völlig unbeabsichtigt durch ihren Fußboden in die Küche gegraben?!?"

Kato lachte schallend. Das Mädchen gefiel ihm. Unauffällig wischte er mit einer Handbewegung die Briefe und den Karton vom Tisch und ließ beides im Regal verschwinden. „Genau! Nimm doch bitte Platz. Möchtest du einen Tee? Ich habe ihn ganz frisch aufgebrüht."

„Sehr gerne. Der Weg war ziemlich weit." Sie band den Bogen vom Gürtel los und setze sich.

Helmkator hantierte mit der Teekanne, stellte neue Tassen und ein Honigfässchen auf den Tisch und setzte sich ebenfalls. „Was kann ich denn für dich tun?"

„Oh, eine ganze Menge, hoffe ich.", die Zwergin lächelte und etwas in Helmkator schmolz dahin. „Ich habe `Das Monster vom Quamtrem´ gelesen, welches die Druckerei der Maknova Gazette kürzlich herausgebracht hat. Und das auch schon, bevor es auf dem ersten Platz der Bestsellerliste stand."

Die Zwergin fingerte an einer Klappe ihres Rucksacks herum und legte mit einer abgelesenen Kopie Beweisstück A auf den Tisch. „Bitte entschuldige den Überfall, aber ich war zu aufgeregt um mich lange im Voraus anzukündigen. Ich überarbeite das letzte Buch meines Vaters und war hocherfreut, neue Kenntnisse über die Hydren erlangen zu können."

Beweisstück B folgte mit einer ledernen und an den Ecken leicht angesengten Kladde. Unterschiedlich große Schriftstücke ragten daraus hervor. „Allerdings wollte niemand in der Redaktion so recht heraus mit der Sprache und da kamen mir Zweifel am Wahrheitsgehalt der Geschichte."

Eine Rolle Pergament, ein verkorktes Tintenfässchen und eine Feder vollendeten das Stillleben auf Helmkators Küchentisch.
„Ich wusste natürlich, dass es um den Quamtrem ging und da bin ich aufgebrochen, um mir selbst ein Bild von der Angelegenheit zu machen. Man schickte mich zum Ostwald-Clan und von dort weiter zu dir."

Versonnen betrachtete Kato die aufgeregte junge Frau, die ohne Bedenken aufbrach, um Informationen über Hydren zu finden. Die meisten Zwerge hegten immer noch den alten Groll gegen Trolle, der beiden Rassen, seit Urzeiten das friedliche Zusammenleben unmöglich machte. Und dieses Mädchen brach einfach so ins Trollgebiet auf und fragte sich munter zu ihm durch. Amüsiert schüttelte der Zwerg den Kopf: „Das klingt alles sehr interessant, aber ... wer bist du?"

Die Zwergin klatschte sich mit der flachen Hand gegen die Stirn. „Oh! Wie unhöflich von mir! Ich bin Brünnhildis.

Brünnhildis Bestien. Mein Vater Hägar dürfte dir vielleicht ein Begriff sein. Er hat das `Bestiarium Maldorons´ verfasst."

„Der Ungeheuerjäger?" Kato fiel die Kinnlade herab. Hägar Bestien war eine Koryphäe! Er war über Jahre immer wieder in die entlegenen Gebiete Maldorons aufgebrochen und mit den abenteuerlichsten Geschichten zurückgekehrt, die man selbstverständlich allesamt und ohne Zweifel in das Reich der Sage verbannen konnte.

Er hatte angeblich kleine, affenartige Geschöpfte mit grünem Fall entdeckt, die ihre Städte in den Wipfeln der Gromosswälder erbauten. Er war in den Sümpfen auf Katzenwesen gestoßen, die so groß waren, dass man auf ihnen reiten konnte und die zu allem Überfluss auch noch der auf Maldoron vorherrschenden Sprache Synkalin mächtig waren. Er war einem Phönix und einer Hydra begegnet und beiden nur mit knapper Not entkommen…

Helmkator stutzte und zog die Stirn kraus. Nun, er war ebenfalls einer Hydra begegnet, die zu Beginn nicht den allerbesten Eindruck auf ihn gemacht hatte. Sollte vielleicht doch etwas Wahres an den Geschichten des Hägar Bestien sein?

Brünnhildis verstand den Gesichtsausdruck ihres Gegenübers falsch und lief rot an. „Ich weiß, dass ein Teil der Leserschaft den meisten Berichten meines Vaters keinen Glauben schenkt. Ich jedoch bin ernsthafte Wissenschaftlerin und alle Themen, die ich bis jetzt überarbeiten konnte, entsprachen voll und ganz der Wahrheit." Etwas leiser fügte sie hinzu: „Wenn auch manchmal von einem recht eigenwilligen Standpunkt aus gesehen."

Kato lächelte sie aufmunternd an. „Und was genau möchtest du von mir wissen?"

„Man sagte mir, du könntest mir mehr über Hydren erzählen als sonst jemand. Stimmt das?"

Bevor der Zwerg zu einer Antwort ansetzen konnte, erklang eiliges Pfotengetrappel auf der Veranda. Der Zwerg grinste Brünnhildis breit an. „Wenn ich jetzt diese Tür öffne, erfährst du mehr über Hydren, als du je zu wissen erhoffen konntest. Sollte dir das jedoch immer noch nicht genug sein… so habe ich ein hübsches Gästezimmer. Du könntest sofort einziehen und deine wissenschaftlichen Arbeiten in Ruhe vervollständigen."

Eine Stunde später war im Hause Felsbeißer kein Zimmer mehr frei.

Fortsetzung folgt!

Maldoron

Paperback

492 Seiten

ISBN-13: 9783744816236

Die Gewölbe von Vuswal

Paperback

188 Seiten

ISBN-13:   9783744864992

Maknova Gazette

Paperback

168 Seiten

ISBN-13: 9783749468447

Das Monster vom Quamtrem

Paperback

152 Seiten

ISBN-13: 9783750495388